KB110726

25시는 없다

석현수 시집

25시는 없다

인쇄 | 2021년 8월 26일
발행 | 2021년 9월 1일

글쓴이 | 석현수
펴낸이 | 장호병
펴낸곳 | 북랜드
　　　　06252 서울 강남구 강남대로 320, 황화빌딩 1108호
　　　　41965 대구시 중구 명륜로12길 64(남산동)
　　　　대표전화 (02)732-4574, (053)252-9114
　　　　팩시밀리 (02)734-4574, (053)252-9334
　　　　등록일 | 1999년 11월 11일
　　　　등록번호 | 제13-615호
　　　　홈페이지 | www.bookland.co.kr
　　　　이-메일 | bookland@hanmail.net

책임편집 | 김인옥
교　　열 | 배성숙 전은경

ⓒ 석현수, 2021, Printed in Korea
저자와의 협의하에 인지를 생략합니다.

ISBN 978-89-7787-046-8 03810
ISBN 978-89-7787-047-5 05810 (E-book)

값 10,000원

25시는 없다

석현수 시집

북랜드

작가의 말

詩는 힘들여 쓰고, 쉽게 읽혀야 한다는 생각을 하고 있다. 볼품없어 시답잖은 글로 보이더라도 좋은 詩로 반겨주면 좋겠다. 글쓰기에 고민이 깊어갈 때는 다음 문장을 읽으며 위로 삼는다.

"나무에 잘 오르지 못하는 다람쥐는 슬픈 다람쥐다. 땅을 잘 파지 못하는 두더지도 슬픈 두더지다. 그러나 더 슬픈 다람쥐와 두더지는 나무를 포기하고 땅을 파려는 다람쥐와 땅을 포기하고 나무에 오르려는 두더지다."

유명 작가를 부러워하고 존경하지만, 이들을 본뜨거나 흉내 내지는 않는다. 무모한 자만도 경계해야 하겠지만 지나친 겸손으로 주눅 들어 움츠리는 것도 도움이 되지 않을 것이다. 전업 작가가 아니라면 詩作에 즐거움을 찾는 것이 먼저다. 글쓰기에 재미를 붙이는 행복한 시인이라 보아주면 좋겠다.

2021. 8. 盛夏에

석현수 큰절

차례

2

3

1

밥이 없는 글

돈도 되지 않고
밥도 되지 않는 글이라니
글 써서 밥벌이하는 사람 몇 된다고?
상 탄다고
가슴에 꽃 달고
신문에 이름나고
입소문 탄다 해도
죽도 밥도 아니긴 마찬가진데
글 잘 써 밥 먹고 산다는 사람 본 적 몇 번 없는데
시집 한두 권으로 승부라도 걸릴 줄 알았나
돈 될 줄 알고
밥 될 줄 알고
글 쓰다가 더 어설퍼진 사람
아파트 유지비나 감당해 내겠나?
더우면 나 홀로 냉방
춥다며 밤샘 난방
늦게 배운 도적질 날 샐 줄 모른다지만
내 글은 가성비율價性比率 제로

문단이 강한지

작품이 약한지

글 써서 상 받은 일 없고

원고청탁 들어와 호빵 하나 사 먹은 적 없다

글 모이면 돈 나갈 생각

자가출판自家出版하겠다며

마누라 주머니 사정이나 물어보고 있다

더 글 쓰면

입에 든 것도 빼앗기겠다

작가는 여기餘技로 될 수 없는 것인가 보다

전업작가專業作家가 아니라면

찬밥 신세면 어떻고

말석末席이면 어떠냐

잉어빵 잉어 없듯

어차피 글 속에 밥이 없을 테니까

무슨 얼어 죽을

하늘이 뚫어져
펑펑 눈을 쏟아부어도
아! 하는 서정적 탄성 한번 지르지 못하는
봄이 와도 꽃노래 한 소절 읊을지 모를
시인詩人, 이게 무슨 얼어 죽을

날 벼르다 해 빠지고
등단 자격 베개 삼아 잠들 것이다
큰 새는 타조가 되어 무쇠 발로 달리기한다
날지 못하는 새는 새가 아니다
봉황鳳凰, 내가 무슨 얼어 죽을

세상이 들끓어도
만년필萬年筆 물 말랐다
시대를 대변하지도 못하고
빈 나팔에 입 대고 숨 고르다 하루가 지난다
문학文學, 무슨 얼어 죽을

시작詩作이란

닭이 알을 낳듯
매일 시를 낳을 수 있다면
조명도 늘리고 조개 가루도 먹여
윤기 나고 매끈한 글을 쓸 수 있을 텐데

날마다 겪는
닭의 산고産苦를
피 묻은 달걀로 보지 않느냐
세상에 쉬운 일 없다
게나 고동이나 소라나 다 할 수 있는 일이라면
세상에 시인詩人이 왜 필요해

시작詩作도
한 줄 한 줄에 피를 묻히는 아픔과
작가의 고뇌가 있어야 하고
수도자修道者의 경건과
심마니의 수고를
보태야 하는 것이다.

시를 위한 변명

그래, 잘 썼다 하니
더 공부하란 충고로 듣겠네
쉬이 의도가 들켜버리고
읽는 대로 술술 이야기가 돌아갔다면
등 뒤에서 바로 잡힌
싱거운 술래잡기가 되어 버린 거지
돼지 꼬리처럼 뒤틀고 꼬고
구시렁거림 같은 것도 없이
속내가 훤히 들여다보여
보는 대로 봐지는 맹탕이 되었을지도
메타포가 없거나
내공이 부족할 경우지
아는 듯 모르는 듯
돌 속에 숨어
은근슬쩍 묻어나는
비로자나불毘盧遮那佛
천년 미소가 되어야 하는 건데

시詩에서는
식은 죽 먹기도 어렵거든
고마워, 재미있었다니
자신 스타일이
'강남'*이라 불릴 때까지는
공치사로 여겨
칭찬을 쑥스러워하기로 했다네

   * 가수 싸이의 강남스타일에서 원용

아류亞流의 변辯

시류時流도 제대로 못 읽어
시詩를 쓴다고?
문아풍류文雅風流가 될 수 있었겠나?
〈배 팔아 말을 사니
구절양장九折羊腸 산길이 물보다 어렵더라〉*
긴 글이면 수월하랴?
수필水筆이 신통찮아
문자文字가 구불구불
수필隨筆 결 더 거칠더라.
이리 얼핏
저리 설핏
두리번거리다가
변방邊方만 맴돈
그대 이름은 무명작가.
아류亞流에서
본류本流로의 궤도 수정은
언제쯤일까?
신이 내린다는 한 수는?

10년이면

이쯤에서 변해야 하는데….

강산도 변한다는데….

* 조선 문신 장만張晚이 관직에서 물러나면서 지은 시에서 차용

무상無賞이 상팔자

수상受賞 소식에 눈이 번쩍 떠졌다
이런 횡재는 곧 실망으로
눈 감아야 했다
상금 타면 그동안 챙기지 못한 식구
입술연지라도 하나 뽑아줄까 했는데
행사비 찬조 조로
白滿員을 내란다
잘못 들었나, 준다가 아니고?
이런 부자 될 일
그런 큰돈을
무슨 핑계 대고 마누라 것 우려내나
기업체 대표에게 갈 전화
잘못 걸려온 걸까
백씨 가문 애 이름 부르듯 하다니
문단에 올린 이름 잉크도 채 마르지 않았는데
글은 함량 미달이고
문단 인지도 전혀 없음

20

설상가상 사회적 경제활동도 없어진 나이
땅·땅·땅 결론 내렸다
자격 없음.
부상副賞을 받는 것은
고전문학古典文學
금일봉金一封 내고 가져가라라면 현대문학現代文學
경력란에 당당하게 '상 없음'이라 쓸 수 있는
보짱 편한 사람으로 남기로 했다
이럴 땐
무상無賞이 상팔자.

아이는 자란다

부모님께 듣던 말
딸이 또 이어가네

기는 것보단
가만히 누워 있는 게 나았고
걷는 것보단 기고 있을 때가 좋았고
뛰어다닐 때보다는 걸을 때가 편했다는 말

엎지르고 깨뜨리고 어지르기에
진저릴 내는 젊은 엄마의
행복한 넋두리였겠지

첫발을 옮길 때
세상을 들었다가 놓았고
불분명한 옹알이로 명연설까지 하였으니
세상에 기쁜 일 이만한 것 더 있으랴

아이 자라 어른 되고
제 자식에게 넋두리할 때쯤
부모는 말할 수 있으리라
네 효도는 품 안에서 다 했다라고

알라보기 babysitter*

전쟁이다
딸아이 밀리고
사위가 딸리는 판에
할아비만 홀로 평화로울 순 없다
급하면 지원군이다

싸움은 때에 따라
곳에 따라 있는 것
게릴라성이며
네 살, 두 살배기
휩쓸고 간 자리는 어지간히 초토화다

식사나 취침
특별히 손님이라도 있는 날이면
더 거세지는 베트콩 구정 공세
협상은 없다
오로지 막무가내 떼법뿐이다

재건단 되어
평화 봉사단 되어
치우고 어루더듬어 수습해 보지만
분탕질에 감당이 불감당이다.
노병의 면역免役 날짜는 언제쯤일까?

* 알라는 '어린아이'의 경상도 방언이다. 의도적으로 시어로
  차용했다.

사위 생일에 부쳐

음력생일,
생모 생일,
다 지우고
외우기 쉽게 날짜 잡았다더니
5월 16일이라

오늘은 좋은 날
자네 귀빠진 날
군인들은 자네를 위해
미리 날짜를 비워 놓으라
으름장 놓고
한 사람의 생일을 기억하기 좋게
난리 쳤던 것

자네 이순耳順 되고
큰 손주 높이 되고
둘째 손주 한 인물 하여
모두가 복되다 할 때

생일 축하는 공연으로 바꿀 참이네

예나 지금이나 또 먼 앞날에도

우렁찬 노래

Happy Birthday to You!

2021. 5. 16.

어머니의 소지燒紙

섣달그믐날
한지韓紙 불살라 하늘로 올리시던
어머니 기구祈求 모습을 기억합니다
올해도 술술 잘 올라가는구나!
모두 잘될 거야
얼음장 같았던 추위와
무시무시한 어둠과
뜻도 모르면서
숙연해했던 어린 자식과
어머니 주문呪文이 어울려 거룩해 보였습니다.
돌너덜 바위 아래
두 손이 다 닳도록 빌었던 축원祝願 덕분에
천지신명도
삼신할미도 조물주도
감복感服하여 복 내려 보내주었지요
끈이 짧아 글 꿰는 솜씨는 없어도
지성감천至誠感天 마음 하나면
하늘과도 소통했지요

지금도 어머니의 소지燒紙 연례행사를

샤머니즘Shamanism이라 치부恥部하지 않습니다.

그때는 세상 모두가 그랬으니까요.

올해도 잘될 거야

덕분에 그해도 모든 일 잘됐더랍니다.

附言 : 훗날 어머니는 기독교 신자가 되셨답니다. 한 가족 종교
     는 같아야 자식이 잘된다며 제게 힘을 보태주시고 돌아가
     셨습니다. 벌써 30년이나 지난 일입니다.

왕할머니

딸아이가
제 딸을 데리고 오자
아내는 친정어머니께 인사드리러 갔다
팔순 노모 장모님이
삽시간에 증조할머니가 되셨다
4대가 한자리 했다
호호백발 할미꽃 장모님
어정쩡한 중늙은이 아내
검은 머리 막내딸
새까만 머리의 손녀
성묘 때나 들었던 '증조모님' 시대가 열렸다
100세 시대가 오면
'고조모' 할머니 등극도 머지않다.
장모님을 왕할머니로 부르니
구도가 쉽게 맞줄임 되었다.
왕할머니, 증손녀 안고 활짝 웃어 주셨다
빠진 치아 사이로
극락極樂세계 열렸다.

창고 극장

아련한 여인의 추억과
담배 연기와
진고개 신사가 어우러져 노래로 남던 곳
그냥 두어도
가난해 보일 가파른 언덕 위
배고프다 아우성치듯
오색 깃발이 펄럭였다

삼일로
명동성당 평화방송 앞
고개를 오르내릴 때마다 날 좀 보소 하던
창고 극장 간판 글
호소인가 항변인가
'예술이 가난을 구할 수는 없지만
위로는 할 수 있습니다'

'마사다'*는
절대 점령당하지 않는다는 일념에서
도시 개발에 맞짱뜨고 있다
가난을 무기 삼아

* 유대인 저항군이 로마군의 공격에 패배가 임박하자
  전원 죽음으로 사수.

풍각쟁이

쉬운 말은
시시하다 팽개치고
어려운 글은 어렵다 삭제하고
어지간한 감동 아니라면 약발도 없다
차고 넘치는 메일들 여나 마나 재탕 삼탕 여러 탕

좋은 글은
자주 보다 식상하고
웬만한 건 나도 알지 삭제하고
스팸차단, 휴지통을 매일매일 비워낸다
좋은 글* 안다고
행동 없는 삶이 절로 좋아지는가?

많이 모은다.
유명 문장을 꿰차고들 산다.
두꺼운 책 눈 아프게 읽는 것보다
비타민 먹듯 짧은 문장 하나 툭 털어 넣는다.
허우대만 버젓한 얄팍한 지성들

인터넷 시대의 풍각쟁이들이다.

*교훈 주는 글/ 자식에게 주는 글/ 삶을 사는 방식/ 힘을 주는 명언 / 인생에서 가장 슬픈 3가지/ 오늘의 명언/ 지친 우리에게 주는 말/ 힘을 주는 기도/ 말의 마법 같은 힘/ 향기로운 하루를 위한 편지/ 민들레의 덕/ 인생의 3가지 진실/ 후회 없는 삶/ 소중한 오늘을 위하여/ 이렇게 살자/ 영웅들의 말씀/ 서로 소중히 하며 사는 세상/ 즐겁게 사는 법/ 행복을 만드는 언어/ 노후에 필요한 세 가지 주머니/ 성현들의 말씀/ 아름다운 세상을 위하여/ 등등.

화장실에서

눈뜨면 제일 먼저 간밤에 삭힌 것들을 밀어 내보낸다. 이럴 땐 한 마리 짐승 같다는 생각이 든다. 먹고는 싸는 게 지극히 당연한 일인데도 어떤 날은 새삼스럽다. 내 몸에서 나온 것이지만 부끄럽고 낯설다. 나라님, 원님이라도 이른 아침 출발은 이러고 있을 텐데. 먹고 사는 문제가 곧 먹고 싸는 문제, 누군들 크게 다르랴.

꿈을 좇아 지상의 것들을 떠나 있어도 육신 속은 밤새 역하게 썩어야만 사는 것. 변기를 휘감으며 떠나는 물체를 보며, 나는 절대 위대하지 않다는 자성의 시간을 가진다. 우아하고 품위 있고 고고히 살아가야 하겠지만, 때론 자신의 민낯을 대하며 쑥스러워할 줄 안다. 거룩한 생의 하찮은 볼품이 건강한 하루의 출발이다.

너를 위한 랩Rap for You

네가 날,
아니면 내가 널
누가 먼저라는 건 아무 의미가 없어
눈이 맞았으니 그만이야
이젠 돌릴 수가 없어
I'll never let you down

눈치 보지 마!
상관없어
난 방랑자放浪者, 그냥 사랑해 버릴 거야
넌 늘 스물아홉
여자 나이 결코 서른에는 이르지는 않거든
You never up to 29

눈부처

자네 마음
나를 향해 열어두고 있음을
자네 눈에 비친 나를 내가 볼 때라고
자네 향한 나의 진심은
자네 얼굴
내 눈 속에서 찾을 수 있을 때라고
이런 것을 눈부처라고 하더군

대화의 기본이
서로 눈을 보는 것이라는 서양예절
부처가 뭔지도 모르면서
눈부처 먼저 알았나 보다
어디다 눈을 딱 붙시고
치켜 보냐며
예의범절 앞세우던
억울한 꾸지람도 생각나게 하고

서로의 눈 속에

부처 되어 살고 있으니

허튼짓 말아야겠네

거룩한 부처로 살아야 하겠네

부처의 눈으로 보면*

세상이 부처 아닌 것 없다는데

* 아름다움을 느끼기 위해서는 먼저 자신이 아름다움을 볼 수
있는 눈을 가져야 한다. 내가 먼저 세상을 향해 아름답다는 시
선을 보내 줄 때 비로소 세상도 아름다운 화답을 한다. 거울은
먼저 웃지 않는다고 했다. 살맛 나는 세상을 위해 따뜻한 마음
을 내가 먼저 보내보자. 아름다운 시선으로 상대를 보아주자.
부처의 눈으로 세상을 보자. 아름다움은 늘 우리 곁에 존재하
고 있지만 안타깝게도 우리가 그것을 보는 눈을 뜨지 못하고
있을 뿐이다.

겨울 호수

그대가
품에 들어왔을 때
마음은 물결로 요동쳤습니다.
출렁인 것이
홀로인 줄 알았습니다만
봄 넘어
붉은 홍조 밴 가을까지
서로 비빈 것들이
정작 우리가 같이했던 율동律動이었습니다.

먼 산이
흰 눈으로 하얗게 세어갈 때
연인들은 벤치를 떠나고
얼어붙은
물가는
더 출렁거리지 않습니다.
언제쯤 봄이 온대도
모를 일처럼 마음이 꽁꽁 얼어붙을 때

청둥오리 한 쌍이
시린 발로
죽은 듯 조용히 고개 떨어뜨립니다.

마음에
눈 쌓이면
서로 소식조차도 물을 길 없습니다
바람이 눅눅해지면
그리움이야 물결 되어 다시 살겠지만
부디
물가에
얼굴 내비치시지 마시옵소서.
내가 출렁거리다
그만 당신을 흔들고
천진한 계절이 가고 나면
우린 다시 얼음장 같은 소리를 내며
쩡쩡
울어야 할 테니까요

소확행 小確幸*을

더 빨리
더 많이보다는
한 박자 뒤처져보자
앞만 보고 달리는 긴장감이 아니라
뒤쪽에서 마음의 여유를 택하자
남보다 앞서려는
허영을 버리고
천천히
더 천천히
소소한 일상을 즐기며 가자
여럿으로 부대끼기보다는
그중 자신 있는 하나를
선택하는 지혜
머리가 가벼워야
마음 또한 가볍다
뒤처지는 기쁨 알 때쯤,
거기 작지만 확실한 행복 있으려니

* 화려한 유행 대신 더욱 단순한 아름다움을 추구하는 것이다.

'뒤처짐의 두려움' 즉 포모FOMO, Fear of Missing Out에서 벗어나

'뒤처지는 즐거움', 조모JOMO, Joy of Missing Out를 가지자.

-스벤 브링크만의 《절제의 기술》 중에서

시간을 낚다

책벌레들은 책을 먹다가
속이 덜 차면
가판대의 신문도 먹다가
동전 몇 넣고 자판기 커피도 거딜 낸다
누에는 훌륭한 고치를 위해 뽕잎을 먹지만
책벌레는 겨울 염소
입 대지 않는 것 없다
벌건 대낮에 꼬라박아
깊은 잠 들기도 하고
지루하면 하품하면서 시간을 묻어 놓는다
내용 파악 안 되면
생수 한 병 먹고 마음 드잡고
잡생각들 들면
책 먹다가 체한다
종일 자리 지키면 몸도 마음도 휘청거리고
내 마음 내가 갉아먹는 소리까지 들린다
피라미 한 마리 입질 없는

무료한 시간 낚시
천일이면 석삼년, 천일야화의 긴 날을
열람실 지킴이
강태공 되어
무료하게 시간을 낚았다.

2

졸업 50주년을 기념하다

I.

먼 길 돌고 돌아
가을에 함께 만났네
한자리 모였네
졸업 반백 년 만에
저마다 잘 물든 나무 되어
고운 단풍 숲을 이루어 주었네
1970년 졸업했으니
2020년 졸업 50주년 행사
사관학교니까
임관이라 해야 좋을까?
그길로 내리 30년
푸른 옷에 실려 간 꽃다운 청춘
'늙은 군인의 노래'로 자위自慰하고 싶어
무엇을 하였느냐
무엇을 바라느냐
나 죽어 이 강산에
묻히면 그만이지

II.

단상으로 임석하시라네

오래 살고 볼 일

극진히 모셔주는 군

화려한 낙엽 대접받았네

서울 대방동에서 충청도 쌍수리로

둥지는 옮겼지만

정기精氣는 그대로

홍안의 생도生徒들을 보다

어느새 나도 청년사관靑年士官 되어버렸네

가쁜 숨 몰아쉬고 있네.

이제나저제나

군기軍紀는 그대로

살아있네

살아있어!

선배는 후배를 믿는다고

늘 하던 소리

나도 한번 해 본다

'조국은 그대들을 믿는다'고

Ⅲ.

사열査閱 중

잊고 지낸 교번 18031이 떠올랐고

2대대 3편대 1분대까지

M1 총기 번호와 사거리射距離는

도무지 메모리 복구가 되지 아니하더라.

'하늘을 달리는 우리 힘을 보아라'

공군가空軍歌 첫 소절

'하늘에 살면서 하늘에 목숨 바친다.'

교가校歌 끝맺음.

목쉬도록 외쳐보고 싶었지만

마스크가 입을 막네

코로나19가 웬수

'부대 차렷'

군악대 음악에 놀라 실눈 크게 뜨니
'선배님들께 대하여 받들어 총'
'충성'
옛날 옛적에는 '필승'이었는데….

IV.

오랜만에 챙겨보는
동기생同期生 현주소?
81명 졸업,
14명 소천召天하고,
4명 바닷물 물 건너 살고, 5명 주소지 불명,
총무님 욕봤다, 세고 또 세고
쉽지 않았겠지
돼지 열두 마리 소풍 갈 나이니까
60주년 행사
10년 후 다시 보잔다.
꿈도 야무지다

여든다섯 나이에
과연 몇 명이 단상으로?
현충원에 가 있는 숫자도 생각해야지

V.

만찬은
간소하게 준비했다지만
이름 한번 거창했으니 수라상水剌床이라 했다
왕王으로 모셨나 보다
흡족했다, 큰 호사豪奢를 누렸다.
갈 길은 멀고
길동무道伴는 가자고 손을 끄네.
가을날 해는 빨리 저물고
오랜만에 회포도 어지간히 풀었으니
마냥 뒤돌아보고만 있을 수 없잖아

상념想念에서 깨다

현업으로 돌아가야지

거창하진 않지만

노인네 하는 일,

책 보고, TV 보고, 운동하고, 얼라(孫子) 봐주기.

지금은 헤어질 시간

바람이 낙엽을 흩어 주고 있네

헤쳐 모여!

졸업 60년,

여든다섯 나이에.

그날도 쾌청한 이런 날 되기 바란다.

아버지의 뜻대로
- 친구 신부 퇴임식을 다녀와서

한동네에서 까까머리로 자라
서로 다른 길 길게 돌아
친구 신부 정년 퇴임식에 앉았네
당신 앞에 얼핏 설핏 비추었을지도 모를
판사·검사·의사 어느 '사' 자보다 신부 되길
선택 한번 잘했구려
친구 신부님 참 멋있다.

지난 세월 반추하며
42년의 사제생활 퇴임 미사를 드리고 있네
"아버지의 뜻대로 이루어지게 하소서(마태 6.10)"
제대 앞에 크게 걸린 글이다.
그 말씀 마감하는 자리련만, 되레
퇴임 후 더욱더 그렇기를 간청하는,
퇴임 사제의 소망처럼 읽힌다.
아버지의 뜻보다는
본인 뜻대로가 더 많지 않았나를 송구해하는 모습
가는 곳마다 훌륭한 사제라는

입을 달고 다녔어도
자신의 성적을 볼품없이 매겨버리는
친구 신부님, 난 어찌할거나
주님의 요구수준이 그렇게 높다면

성소의 길을 따라
묵묵히 걸어온 신부님 길은
때 묻지 않아
순백색의 순수함이다.
성당 식구들이 퇴임 준비를 하는 동안
창밖은 간밤에 흰옷으로 갈아입었다네
친구 머리에도 어느덧 흰 서리가 내려와 있고

친구 신부님 소임은
대부분 특수 사목이었다
군, 학교, 병원, 교구청, 해외파견이라니
사목자이기보다,
직장인에 가까운 삶

큰살림 사는 자리라
사무실 냄새가 나기도 하고
정나미가 본당신부만 했겠나.

숲속 외진 곳 '성 김대건 성당'에서
알콩달콩 오순도순
작은 살림 오래 살려나 했더니
아니 벌써 퇴임식이다.
사제는 퇴임은 있어도 퇴직은 없다고 했다.
영원한 사제
예수님 길이어서 그럴까
한 번 해병이면 영원한 해병이라더니
신부님은 퇴임이 아니라
출전을 앞둔 전사의 모습으로
장하고 의연하시다.

"용서하라, 이것이 사랑의 첫걸음이다.
사랑하라, 사랑하는 사람이 사랑을 받는다"

신부님 강론 요지였다.

가진 것 없어도 줄 사랑이 넘치는구나.

친구 신부님 귀한 말 받아 적고

성당 문을 나서네.

아참!

하나 잊었구려

후일 헐렁한 동네 친구 하나

천국 문 못 들고 서성이고 있거든

모른다 하지 마시고 뒷빽 한번 되어 주시게나.

2017. 1. 22.

시인 부부를 위하여

오늘은
'요아킴' 형제의 감사미사입니다.
미사 지향에 대한 신부님 시작 말씀이다
그렇구나, 그분
얼른 문인수* 시인을 떠올렸다
요아킴은 시인의 세례명이다.
그는 한동안 병중이어서
요양보호사를 대동하고
오리 잰걸음으로 재활 운동하고 있어
가끔 화랑공원에서 얼굴을 본다
가벼운 눈인사를 보내기도 하고
그때마다 빠른 쾌유를 빌어주고 있다
오늘 감사미사는
상태가 좋아져서 드리는 미사 봉헌일까?
나빠져서 올리는 간절한 기도일까?
미사 신청은 '안나'다
시인 옆지기의 세례명이다
교회에선 신부님 다음으로 부지런하다

안나는 남편보다 교회에 특등생이고
시인은 아내보다 문학의 우등생이다.
목소리를 듣는다는 구실로 전화 드렸다
전해지는 소식이 너무 안타깝다
시인은 요양원으로 모셔야 했고
아내는 췌장암이라고 했다
보호자까지 환자가 되다니
어려움이 또 다른 큰일을 불러들인 셈이다
이들을 붙잡는 유일한 길은
간절한 기도뿐이다
시인이 못다 쓴
아름다운 시를 위해
계절은 머뭇거리며 기다려주고 있다
교회 마당에 가득한 5월 장미꽃 향기는
고통 중인 시인 부부를 위한 위무慰撫겠지
모두 한마음이다
아픔을 같이 나누고 싶어 한다
전능하신 분이시여

교우들이 드리는 간절한 기도도

굽어살피시어

자비를 베푸소서.

고통 중인 시인 부부에게

든든한 버팀목 되어주시어

평화를 되찾게 해 주소서

이웃들도

제대를 향해

다 함께 두 손 모은다.

　* 이 글 이후의 이야기는 애석하게도 문인수 시인의 부고(6. 7)를 접하였다. 문인수 시인은 대구를 대표하는 시인이다. 후일에는 한국을 대표할 현대시 시인으로 자리매김할 것을 믿어 의심치 않는다. ≪대구일보≫에 실린 지성교육문화센터 윤일현 이사장의 추모의 글(6. 9)에는 시인의 평소 올곧고 반듯한 생활을 이렇게 표현하고 있다. "그는 오직 시만으로 별이 된 시인이다. 학맥과 인맥 같은 그 어떤 맥도 그에게는 없다. 그는 자기 이익만 챙기며 위선적인 사람들에게 강한 거부감을 가졌다. 연민과 배려의 마음이 없는 냉혈적인 시인들을 특히 싫어했다."고 적었다.

문인수의 시는 참으로 다양하다. 다양한 소재로부터 시를 발굴해 낸다. 예를 들면 친구 상가를 다녀와서 '쉼'를, 시골 장터에 매물로 나온 염소를 만나면 '각축'을, 수성못 가에 삼초식당 가면 '식당의자'를, 전통시장 난전에서 만나는 노인에게서 '저 할머니의 슬하'를, 새해 달력을 갈면서까지 '공백이 뚜렷하다'라고 느끼는 타고난 시인이다. 그래서일까, 평론가는 이렇게 말한다. '생의 궁벽한 자리에서 아름다운 무늬를 뽑아내어 애잔한 감성의 세계로 이끄는 시인'이라고. 문인수의 왕성한 시작詩作은 마치 시마詩魔에 들려있는 듯하다고 했다. 시집 『나는 지금 이곳이 아니다』에서 나희덕 교수의 추천 글에는 '바닥에서 드리는 간절한 기도이자 허공에 바치는 아름다운 헌사'로 극찬하고 있다. 시집은 『늪이 늪에 젖듯이』를 시작으로 『나는 지금 이곳이 아니다』까지 모두 열한 권이 넘는 작품집을 냈다. 김달진문학상을 필두로 여러 문학상을 두루 섭렵하고 미당문학상에 이어 최근에는 목월문학상까지 받았다. 아내 '안나'에 대해서는 세례명 외에는 아는 바 없고 교회 일에는 수녀님 수준 이상으로 발 벗고 나서는 열심한 가톨릭 신자라는 것을 소문으로 들어 잘 알고 있다.

편한 걸음

눈에 힘 풀고
아랠 보고 걸어가면
얼마나 마음이 편해지는지
꼬나볼 일 없으니
서로 다툴 일 없고
눈 마주칠 일 없으니
눈 맞을 일 없고
한길에 간음하던*
음흉한 생각 또한 사라져 버리니
눈에 힘 풀고
시선 떨고 걷노라면
곱거나 미운 꼴
마음 아래 두어
얼마나 편안한 걸음 되는지

* 뉴질랜드 웰링턴 대학 연구진의 연구 결과 남성 중 47%가 여
  성 신체 부위 가운데 가슴에 가장 먼저 시선을 던지는 것으로
  나타났다고 소개했다. 또한 연구진은 남성들이 사진 속 여성의

어느 신체 부위부터 바라보는지 체크했다. 그 결과 남성의 80%가 여성의 가슴과 허리부터 훔쳐본다고 했다. 남성이 여성의 가슴·허리에 시선을 던지는 것은 여성과 접한 지 불과 0.2초 안에 이뤄진다고 했다.

율동공원에서

어제는 눈
오늘은 비
봄은 오다 말고 돌아가 버리나
얼음 위
오리들이 삼삼오오
깨금발로 서서 얼음장을 녹이고 있다
눈비가 뿌려도
이제는 길이 열려야 하는 것은
우산 속에 숨은 연인들의 열기가 있고
젊은 달림이의 발갛게 달아오른 종아리가 있고
무모하게 번지점프를 올려다보는
뜨거운 시선이 있어서 그러하다
농무濃霧 속에
사진작가는
연신 호수의 내면을 한 겹씩 벗겨내고 있다
스륵 스르르 컷을 찍을 때마다
호수는 미동한다

2월이 너무 짧아
떠나려는 계절을 붙들고
어제 오늘
아쉬운 포즈를 취해주고 있다

처세술 處世術

빈 숟갈을 빨면서
즐겁게 탄성을 지른다
처음에는 입에 물리다가
영양가 없어도 좋아하는구나 싶으면
노골적으로 귀에다 마취제를 놓는다
살아남기 위해
강도 높은 처방을 한다
얼얼한 기분에 자기도취가 되도록 해 주는 데는
이것만큼 속速한 것이 있을까
가假똑똑이한테는
객기와 만용이 넘쳐나도록 만드는
사랑의 처방이다.

'대단하십니다'
'훌륭하십니다'
'당연한 말씀입니다'

찬물만도 못한

헛인사들이

하늘 아래 최고인 사람을 만든다

대단해서 손해 볼 것 없고

훌륭해서

몸 상할 일 없으며

약효도 즉각 반응

가격은 제로

단, 간과 쓸개를 떼놓아야

제조 가능하다는 것이

흠이라면 흠이다.

투~투

차 시동 시 너무 조용해
일부러 소음기를 달아야 할 형편이래요.
개발비 많이 들었겠네
과장誇張이 도를 넘었군.

너무나 사랑하기 때문에
서로 헤어지기로 했다는 이혼 후일담
사랑도 도를 넘으면
결별訣別까지 이르나 보군.

too~to
너무나 뭐 해서 뭐하다.
과유불급過猶不及
지나침은 부족함만 못하다.
둘 다 고급 구문句文이긴 해도
싱거울 때가 더 많더군.

쉽게 지워요

툭하면 돌아서고
갈라서는 것도 예삿일 되었기에
잊는다는 건
세탁처럼 손쉽게 되었어요
드르륵 자동에 놓고
콧노래 부르다 보면
어느새 말갛게 아픔이 씻겨 나고
딩동댕 가벼운 멜로디가 들려오지요
꽁꽁 언 빨래터
방망이로 두들기며
시퍼런 멍으로 평생 흔적 남기던
질기고 모졌던 인연도 있었다지만
이제는 합성세제 시대
미움도 아픔도 오래지 않아
찌든 때같이 늘 달고 다니지 않아도 돼요
무던히 상한 속이라도
집어넣고 한 차례 돌리기만 하면
빨래 끝! 딩동댕 할 테니까요

성城에게

바람은
밤새 너를 맴돌다
피곤하여 돌아옵니다

바람은
결코 그 속을 기웃거릴 줄도 모르며
순정의 순라巡邏만 합니다

그대
이끼 낀 고성古城이 되어
꿈쩍 않을 임이여

밤마다
차가운 성곽을 휘감고 가는
한 줄 바람의 다녀감을 알기라도 할까요

부창부수婦唱夫隨*

회장님 사모님이 애들 뭐 사주라고
누리끼리한 지폐를 건네주셨다는데
아내는 퍼런 배추 잎만 최고인 줄 알고 살다가
외국 돈 잘못 주셨나 싶어 다시 봤다나?
전통시장 바닥에 유로화 소동 낼 뻔했군.

역사는 서툴러도 신사임당은 알아야지
율곡 모친 납신 줄도 모르고 태평성대 살았네요
당신은 이 돈 만져 보았는가요?
난들 무슨 재주로 그런 큰돈 만져보나
임자도 처음인데, TV에서나 보았지

 * 夫唱婦隨를 패러디함.

나 하나만이라도

어지러울 때
나까지 나서면 더 어지러워져
뉴스 한 번 먼저
신문 한 장 먼저 본 게 전부면서
하루 말거리 되어
사는 사람들
세상 시끄럽다
어지럽히는 건 바로 우리들
가짜 뉴스에 살고
풍문에 휘둘리고 산다.
전단지 진화하여
가짜 동영상 나돌고
스마트폰이 사람 죽인다
보이지 않으나 존재하는 무서운 그림자
자신이 피해 보기 전까지는
숨 막히게 더하는 재미
세상은 요지경 속

기사에 속고
가짜 영상에 놀아나는 어릿광대들
세상 탓하지 마라
어지러운 세상
우리가 만들고 있으니
나 하나만이라도
눈 감자
입 닫자
귀까지 닫고 살자
너와 나의 평화를 위하여

그럴 것이다

저런 극성
그깟 며칠 못 버틸까 봐
미련이다
애착 때문일 것이다

밥은 며칠 분 있고
냉장고 둘째 칸에 반찬 있고
와이셔츠는 저기 다려 놓았고
주말 등산모임 입을 바지
두꺼운 양말 건조대에 걸쳐 놓는다

아내여 쉬이
손 털고 나서라
마음 가볍게 여행 떠나라
당신은 나에게
배곯을 자유도 주어야지
안달이다
안달 때문일 것이다

한우韓牛 로데오

흔드는 자와
떨어지지 않으려는 자의 서바이벌 게임이다

눈이 왕방울만 한 황소가
길길이 날고 뛴다
사정없이 흔들어댄다
기수는 죽기 살기로 매달린다
안장鞍裝 없이도 좋다, 지금은
일 분만 더, 일 분만 더, 국민의 흥미를 위하여

흔들어라,
그러면 떨어질 것이다
붙들어라, 그러면 살아날 것이다
세상에는
요지부동도 없고, 성한 놈도 없는 법
살아나도 너덜너덜, 떨어지면 개망신이다

똥 묻은 이와
겨 묻은 이들이 물고 물리는, 소란한 볼거리
여의도 특설무대 한우 로데오

할매 방송

아침 운동은
할매 방송을 들으며 한다.
밑도 끝도 없는
뒷담화
앞담화
궁窮하면 할매 집 대소사大小事까지
주파수는 매번 달라지고
짬 없이
말 가는 대로
세상 사는 이야기는
붓 가는 대로 쓴 수필隨筆 읽어주기보다
귀동냥이 훨씬 편타.
잠자코 듣고만 있는
가십gossip에 궁한 지성知性들보다
속내를 낱낱이 까발리는 할매는
또 얼마나 인간적인가?
힘이 달리나 보다

출력이 낮아지네
할매, 그 정도만 하소
배 꺼질라
나 먼저 갈라요

세상이 어때서

세상이 왜 이래?
고대 동굴벽화에도
이런 자조自嘲 흔적은 있었다 하더라.
이렇지 않던 적 한 번이라도 있었던가?
이런 곳 처음 사는 듯
따지고 들지 마라.
성한 사람도 기죽는 소리다.
시절이 시절이고 보니
나라 바람 빼는 짓 같아
듣기 거북하다

늘 들었던
'요새 놈들 형편없어'
'우리 땐 그러지 않았는데'
옛날 편향Good-old-days bias
돌아가는 위인偉人들 헛소리쯤으로 생각하마.
세상 사는 일 거기서 거기라
예나 지금이나

춥고 덥긴 마찬가지고
가진 자 못 가진 자 늘상 있었는데
뜬금없이 던진 말
세상이 왜 이러냐고?

누구에게 던지는가?
우문愚問을
어느 누가 들려줄까?
현답賢答을
습관처럼 내려오는 해묵은 신세타령을.
2천 년을 거슬러 올라가
'테스' 형까지 부른들 무슨 뾰족수 있겠나?

삶이란
'태어나면서부터 죽음을 배워가는 일'
철학자 말이다.
그것 참 쉽지 않아서
스스로 만들어 가는 길뿐이라고 했는데.

그대, 혹여

마냥 좋기만 한 세상 살아본 적이 있었다면

잠시라도 좋아

나 거기서 좀 살아 봄세

그곳 좀 일러 주게나

아니 글쎄,

이 세상이 어때서?

왜 거기서

목덜미 터럭 하나
네가 왜 거기에?
아무리 뽑아도 돋아나더니
이제는 하얗게 세어 덜 성가시구나
순해진 한 올 흰 털이여
너도 네 주인 닮아
성질 죽일 때가 되었더냐?

눈썹 위 왕대 같은 터럭 여럿
너희는 또 왜 거기서?
잘라도 뽑아도 고집불통이더니
이제는 고분고분 꼬리 내리네
착해진 터럭 몇 올이여
이제는 자네들 덕분에
눈썹 없다는 소리는 면하고 산다네.

딸에게

딸아
밝은 딸아,
앞산 위에 둥근 딸아
한 달에 너덧 번
카카오톡이 오가도
할 말은 항상 거기서 거기뿐
잘 있냐?
그래 잘 있으면 됐어!
난 서둘러
문장을 닫아야 한다.
할 말 없어서일까
그리움 덜해서도 아니다
아비 노릇 제대로 못 하는
마음이 가볍지 않아서다
하이쿠*보다 더 간결하게
글자를 줄이고
아비 마음만 보낸다.

*17음절로 표현되는 일본의 짧은 詩 형태

딸자식 생일날에 (하나)

　3월 13일, 첫째 공주 생일이다. 무정타 세상 일아, 너는 어이 돌아도 보지 않았더냐? 보내면 오고, 오면 또 가야 했으니. 하세월何歲月 그 고생 누가 대신할 수 있었으랴. 흘린 눈물 한강 되고 태평양 되고. 이곳이 내 자리이던가, 저 자리가 내 설 곳이던가? 온몸으로 막아서며 밀쳐내며 버틴 세월. 불혹不惑을 넘고, 지천명知天命에 이르렀네. '끝이 좋으면 다 좋다는 말' 서양 말도 옳다마다, '고생 끝에 낙이 온다.' 우리말도 맞고말고.

　아브라함이 이삭Isacc을 낳고 이삭이 야곱을 낳고 줄줄이 낳고, 낳고, 또 낳고. 하느님이 이스라엘에 내린 언약 있었다. 해변 모래알같이, 밤하늘 별인 양 무수히 자손들 퍼져 나가라. 허 친선許 親善 가족도 그러하리라. 들판에 작대기 세우고 살아도 기대고 설 정情 하나 있으면 되는 것을. 쉬운 인생 참 어렵게 돌고 돌아왔구나. 걱정을 내려놓아라. 어제는 지나갔고 내일은 아직 오지 않았다. 당장 지금을 즐겁게 살아라. Carpe Diem.

딸자식 생일날에 (둘)

3월 2일, 둘째 공주 생일이다. 바다는 멀고 하늘길도 막혔는데 어떻게 해야 좋을까? 할머니 할아버지 걱정하지 마세요. 여기 저희가 있잖아요! 우리가 할머니 할아버지보다 더 즐겁게 해 줄 거예요. 반려견 '김치' 녀석도 한몫할 거예요. 아무렴 그렇고말고. 생일인 오늘 하루라도 너희 어미 편하고 즐거우면 좋겠다. 다음 날도 또, 또~. 그, 그, 그~, 그다음 날도 그렇게 날이 날마다 모든 날을.

시집간 지 16년. 지금도 너를 업고 사랑 노래 부르고 있으니. 올해 마흔다섯이 되는 공주. 중학교 3학년 아들, 중1 딸 두고 사위 녀석 오십 줄 들어섰건만 왜 우리는 아직도 딸자식 걱정 내려놓지 않고 사는 걸까? 여든도 좋고 아흔이라도 좋아라. 두 늙은이 숨 쉬는 날까지 딸자식은 언제나 내 편 우리네 공주이니까. 오매아비 젊기도 하지. 한평생 너를 업고 가고 있으니. 이것이 기쁨이라니.

딸자식 생일날에 (셋)

8월 23일, 셋째 공주 생일이다. 남들은 딸 바보라 하지만, 이제는 손녀 바보로 간판을 갈아 달았다. 아이 봐준다며 용돈 챙기고 인사받고 했지만, 너희들 할 효도 손주 녀석들이 곱으로 더해 주었네. 맞벌이 부부 결혼 15년 차, 직장생활 어언 20년이로군. 얼마나 힘들었으랴, 또 얼마나 참고 살았으랴. 직장과 가정을 오가며 북 치고 장구 치고. 할머니 할아버지는 연우, 지윤이 덕분에 정말 행복하였네. 너희 모두를 사랑하였으므로 우린 행복하였노라.

잘난(?) 아비 덕에 과외공부 한번 못 시키고 자란 아이, 이젠 좋은 부모 되어 자식 농사 잘 짓는구나. 왕대 밭에 왕대 나고 뿌린 대로 거둔다니 눈물로 씨 뿌리면 곡식 단 들고 웃으리라. 부모 등골 덜 뺀 자식 남 눈엔들 벗어나랴. 일터에선 상(上)일꾼 되어 위아래로 버팀목 되어라. 인생은 유리잔 같은 것. 나는 '하느님', 너는 '하나님' 어차피 한 분이신 것을. 늘 기도하며 살자. Life is fragile, handle it with prayer!

대전 부르스

한밭
긴 이랑
선화동 막다른 골목 이르면
덕지덕지 붙여진 '하숙 칩니다.'
수탉 하나가 암탉 여러 것을 부지런히 쪼아
유정란 뽑아주면
계란말이가 상 위에 올려지곤 했었지
밥도 후하게 퍼주고
늘 보지란하고, 뒷 자태 삼삼한데
왜? 아무도 따 가지 않는
쉰 호박 될까
두어 달 한솥밥 먹고, 이젠 면식 굳었다 싶어
나비가 꽃을 찾았다
"시간 있으시면 극장 구경이라도?"
"목적교 데이트는 어떠신지요?"
귀때기 새파란 것이
밥 주면 먹고 잠이나 잘 일이지

꼴에 눈 뚫은 '서울 것'이라고
어설픈 수작 부리다니
"누나라도 한참이나 누나란 말이여유~"
말만 걸어와도
노처녀 히스테리는 발작적이어서
누구든 중죄로 다스렸다
수탉 닮아 깃 내리고 구구거리는
한심한 꼴에
"미쳤는게비여"

* 충청도 말씨는 함축含蓄적이며 퍽 경제적이다. 격에 어울리지도
  않는 짓 당장 그만두라는 옐로카드성 하숙집 골드미스의 훈
  계는 두고두고 기억에 새록하다. 양계 치듯 사람도 치는 줄 알
  고, 수탉같이 덤벙대는 꼴 하며, 말뚝에 치마만 둘러놓아도 여
  자로 보이던 뜨내기 수컷들. 대전발 영시 오십분 기적 소리가
  간간이 들리는 대전 부르스. 한밭 추억.

누구의 사모*

연줄은 얼레를 붙들고 있다
바람의 세기에 따라 풀려나기도 하고
때론 탱탱한 긴장감으로 조여들기도 한다
어떻게 하면 연을 높게 올리고
또 멀리 보낼 수 있을까
하늘 끝에라도 맞닥뜨려 주고 싶다
연줄은 주인공이 아니라 연의 후원자다
줄은 단단히 하늘을 향해 있다
연이 꼬리를 치고 하늘을 솟구치기도 하고
객기로 곤두박이치기도 할 수 있는 것은
줄에 대한 연의 신뢰 때문이리라
이윽고 연과 하늘이 하나가 되고
얼레에서 전하는 장력이 최고조에 이를 때
줄은 스스로 손을 놓는다
그러나 연이 나뭇가지에 걸려
오가도 못 하며 비바람을 맞을 때는
줄이 연의 최후를 지킨다

외가닥 머리채를 사방으로 흔들어 재끼며
허공에다 몸부림친다
연과 연줄은 서로 원망이 없다
연과 연줄과 얼레는 세트다
한 줄로 매달려 바둥대는 한 무리
끈끈이주걱 같은 의리를 보고 있노라면
세상 아직은 살 만한 곳이다

　* 누구누구 사랑하는 모임

3

25시는 없는 시간이다

24시간 대기
골치 아픈 것 모두 맡겨 주란다.
사는 게 별것 아니듯
주검도 별 볼 일 없어
돈 주고 버리는
쓰레기 감으로 대접받아야 하나 보다.
버젓이 붙여놓은 간판
'흙에서 사람까지'
오뉴월에도 얼어붙을
섬뜩한 문구다
사람까지라니

골치 아픈 뒷정리
전화 한 통이면 끝!
25시라도 책임져 주겠다는 말이겠지
사람도
유품도

모두 뒤처리 항목

청소비 없으면

세상 뜨기 쉽지 않겠군.

삯꾼 들여 치울 만큼

가진 것 많지 않으니

나를 고객 명단에 올려놓지 마라!

'25시'는

내게 없는 시간이다.

복福도 다이어트를

부와 권세는 나란하지 않다
둘이 하나 되면
부귀영화富貴榮華는 고사하고
파국破局으로 치닫는 지름길에 든다
재복은 넘치지 않게
존경은 자신이 뿌린 만큼만 거두어야
세상에 공짜는 없다
눈먼 돈은 없다
쉽게 벌었다면 신문 날 일 기다리고 있다
대단하다며 가마 태우면
내려올 때 헛발로 넘어질 수 있다
바르지 못한 존경은
끝을 추하게 만든다
인사받거나
칭찬받는 일에 익숙해지지 마라
높은 곳에서 떨어지는 것은 금방이다
추락하는 것에는 날개가 있다*
벼랑 아래는 원수가 기다릴 것이고

스스로 대단해졌다고 생각되면

이건 우연이거나 아니면 하늘의 실수로 여겨라

하늘은 원래 후하고 박함이 없으니

스스로 공손하라

가난하지 못함을

부끄러움으로 삼고

대접받을 만큼 그런 그릇 못 됨을

이웃에게 죄송하게 여겨라

하늘나라는

바늘구멍인데도

낙타가 쑥~ 들어가 버렸다는

죽은 자들 입소문 들리기 전까지는

복받았다고 다 누리지 마라

복福도 다이어트를~

시작은 있으나 끝이 없는 것**

욕심이다

* 이문열 「추락하는 것은 날개가 있다」에서

** 『명심보감』 성심편 상 '有福莫享盡. 有始多無終'에서 차용

93

그곳에서, 나는

소음을 먹고 살았다 진동을 이기다 못해 고막은 찢겨나고 몸은 사시나무로 부르르 떨렸다. 마지막 불기둥을 확인한 깃발수는 출발 신호로 기旗를 흔든다. 최종점검 완료! 시뻘건 불기둥과 지축을 흔들던 굉음轟音을 남기고 비행기는 하늘로 솟았다. 날것이 되어 같이 퍼드덕 솟구쳐 올라보고 싶기도 했다. 소음은 늘 나를 살아있게 하였다. 비행기 소리가 없는 세상은 위안이 아니라 불안이었다. 귀가 성하지 않다는 신검 의사의 말이 제대로 들리지 않았다. 평생을 큰 소리로 듣고 살았으니 가는귀먹었다. 대화는 늘 톤이 높고 기차 바퀴 삶아 먹었느냐는 핀잔을 받는다. 모두는 아름다운 추억을 그리워하겠지만 나는 jet기 굉음으로 머리가 멍했던 그때의 소란을 그리워한다. 소음 먹고 살 때 세상 시끄러운 줄 몰랐고 제일 행복했었다.

네 잎 클로버의 행운

노인 몇이
회관 앞뜰에서
찾기 놀이를 하고 있다
세 잎 클로버는 지천인데
꼭, 네 잎이야 한단다
한 잎 더해 무엇에 쓰시려고?
로또 당첨
아니면 돈벼락
아픈 무릎 고쳐 앉으며
노인은 말한다
잠자듯 날 데려가라고!
사랑, 믿음, 소망, 세 잎에 더할
잘 죽는 복 하나
남은 행운
하나 찾고 있었다

부고訃告 착오

문자가 왔다
P가 죽었다고
일시日時 발인發靷 장례식장葬禮式場까지
날벼락이군
바로 문상問喪을 나서나 말아야 하나
검정 윗도리와 넥타이를
잡았다 또 들었다.
얼마 후 바로잡는 문자가 다시 들어왔다
동명이인同名異人 부고訃告 착오였단다.
다락같이 높으신 구순九旬 선배 일을
일흔 중반 P에게 뒤집어씌우다니
저승사자가 만취운전했었나 보군
자넨 오래 살 거야
동방삭東方朔이 될 거야
죽었다며 알려줘 놓고
살아있는 자네를 보게 될 테니
성경聖經 속 부활復活 말고
자네밖에 더 있겠나

땡잡았네, P.

동창회 사무장 덕분이야

대포알은 두 번 다시

같은 곳에 떨어지지 않는다거든.

2020. 11. 1
동창회로부터 동명이인同名異人 P의 부고를 받다

순명順命

죽음이란
동작 그만!
예령豫令 없이 동령動令뿐이다
신변정리身邊整理 시간은 없다.
수의壽衣는 주머니가 없다는 것
노자路資도 회한悔恨도 없이
쉬운 모습으로
길 떠나야 한다.
슬픔은 남은 이의 몫
그것까지 상관할 겨를 있겠나?
아쉬워할 때가 좋다
떠나는 순간이 최고의 순간
순명順命이란
축복을 선택받는 일
호상好喪이란 소리 들으면
잘못 살았다
때 놓친 거다.
부르면

얼른 나서라
대문 밖 나들이처럼
행장行裝도 마음도
깃털같이 가볍게
소천召天하라
날아올라라

비문 碑文

꽃 피어도 바람 불어도

묵묵부답 默默不答

더위도 추위도 비껴가는

적당한 깊이에 알맞게 누웠다

이승과 저승이

어제오늘 일처럼 가깝다

땅속에서도 침묵은 금

그 많은 군대 이야기 다 묻어두고

달랑 두 줄

전면, 관등성명 官等姓名

후면, 모년 모일 모처에서 전사 戰死

돼지꿈

로또 잡는 돼지
돈豚꿈 꾸거든 복권을
다들 이 꿈으로 횡재했다니
돈豚꿈
돈Money꿈
억세게 좋은 꿈
돈豚 중에서도
신토불이身土不二
검은 놈[黑豚]이라야 된다나
제주 흑돼지를 말하나 보다
돌아도[狂]
돈을 안고[錢]
돌고 싶은 이[回]
돈豚꿈 꾸거든
한턱 먼저 씀세
인생역전人生逆轉 한 수
꿈에다 걸고

돼지머리

고사告祀상 돼지머리
화나도 싱글벙글
귀에 걸린 환한 미소
억지 춘향 복돼지라
몸뚱이는 달아나고
얼굴만 성형했네

배추 잎 입에 물고
신사임당 귀에 꽂고
하는 인사 다 못 받아
웃는 척 대신하네
어련히 알겠지 했는데
콧구멍이 비었네?

엎드려
큰절 올려
수없이 비는 축원
이윽고 돼지머리 위엄 차려 일갈하니
인간이 안 되는 일
죽은 놈이 무슨 수로

참회록懺悔錄

미련한 셈[算]으로
살아온 지난날을 부끄러워합니다.

내 열熱
네 가져가라
삼복三伏에 한사코 붙어 비비고

내 열
어찌 네게 주랴
엄동嚴冬에 먼발치 떨어져 자고

미련한 셈으로 헤아린
돼지로 살아온 지난 삶을 뉘우칩니다.

비주류非酒類

고래들 틈에
쪼그리고 앉아 안주를 축내고 있다
무드가 익을수록
흥청거릴 수 있는 맹탕
꾼이야 한잔 걸치면 눈에 뵈는 게 없겠지만
헛소리 장단 맞추다
콜라로 사람 잡는다
잔을 높이 들고 위하여, 위하여
누구를 위하여?
종은 울리나?
찬물에 기름 돌듯 뱅그르르 할 것 같아도
위장한 너털웃음
여흥만은
홍도도 울리고
금순이도 굳세다
윗목에 빈병 늘어가고
내 차례 네 차례 헷갈릴 때쯤
함흥차사咸興差使

메뚜기 뛸 시간

비주류는

작별 인사가 없다.

구둣솔로 남으리라

사람은 죽어서 이름을
호랑이는 죽어서 가죽을 남긴다
돼지는 무엇을 남길까?

뒤돌아보니
살아 큰일 한 것 같지도 않고
이름 석 자, 목숨 건, 싸움도 없었구나
대과大過도 무리無理도 없었다니
물 흐르듯 자연스러웠단 말인가?

풍진세상 헤쳐 오며
인생 굽이마다 속 보이고 치졸稚拙했을
잔[小] 것 여럿의 허물이
죽을죄 하나보다 절대 가볍지 않을 터
필부필부匹夫匹婦의 삶에 어찌 성함만 있었으리오.

정해丁亥 생生
돼지로서의 삶

지난 흔적 지우려니
죽어서 난 구둣솔*로 남으리라.

    * 구둣솔은 돼지털로 만든 것이 제일 낫다고 한다.

할아버지 허수아비

사람이 겸손하면
숨어도 있어 보이고
속이 비고 시끄러우면
아무리 난 체해도 들통난다.
알면서 쉬쉬하면 베풂일 테지만
나이 들어 시끄러우면
허수아비, 머리가 비었다는 말
날아가는 새도 뒤돌아보고 웃고 간다
허세가 늘고 목소리 커지는 때
몸이 먼저 알고 앞서서 가니
아닌 척해도 노년일 수밖에
두 팔 벌리고 들판에 서자
할아버지 허수아비
어설픈 치장治粧일랑 거두고
민낯으로 서자
분칠하면 할수록
살아온 성적표까지 너저분해진다

꼬부랑 농로農路
곧 바람 불고 비가 오겠지
제동장치를 살필 때가 되었다
삶의 속도를 줄여야지

그런 분 있었다

그런 분 있었다.
담배가 유일한 친구였던
누가 무슨 소리를 해도 귀를 막고 살았던
온종일 한마디 할까 말까
묵언으로 정진했던 잡무
한 대 물면 물끄러미 먼 산 사슴이 되고
꽁초를 박박 문질러 발로 비벼 끄며
세상을 태웠던
그런 분

알려진 신상정보란
기껏 이곳에서 근무하다
밖으로 사업하러 나갔다가
다시 이 자리로 돌아온 노인네
말 없어도 존재감 없이도
자기 자리에 건재健在했던 분,
결근이 곧 작별 인사라며

소리 소문 없이 떠난
그런 분 있었다.

뒷이야기로,
혼자였고
손자 뒷바라지 때문에
부인과 떨어져야 살았던 기러기 할아버지
의식주도 변변치 않았을 텐데
칠십 중반에 아파트 경비까지 했다니
신산辛酸에 젖고 간난艱難을 헤쳐야
부모 되고 다시 조부모祖父母 된다는 것을 일러준
그런 분 있었다.

2020. 10. 21 아파트 아저씨를 추모하여

회상回想

젊은 날, 삶은 끝이 보이지 않았고
죽음은 항상 가까이서 손짓하였다
살벌한 생존경쟁만이 기다릴 때
도무지 헤쳐날 것 같지도 않아
죽고 싶다는 말이 버릇처럼 쉬이 나왔다
철들자
새색시 맞고, 아이도 셋이나 낳았다.
가장家長이 되어 무거운 짐을 스스로 졌다.
죽을힘을 다해 달려들어도 부대끼는 판
숱한 인연이 날줄과 씨줄로 엮어질수록
삶은 질기고, 모진 것이었다.
죽을힘 있으면 그 힘으로 충분히 살 수 있다는 걸 알았다.
숨 고를 겨를도 없이 허겁지겁 달려 중년中年을 뛰어 넘겼다.
사死의 찬미讚美 노래는 허사虛辭였다.
역류를 거슬러 오르는 것이
보람이라고 생각될 때
산다는 것의 거룩함을 알았고
얼굴에 비지땀을 흘려야 양식을 얻을 수 있다는 것
그건 아담이 받을 벌罰이 아니라

신神이 내게 내린 축복이었다.
세 아이 모두 제짝 찾아 떠났다.
건강을 살피기 시작할 즈음
인생 갑년甲年을 턱걸이했다.
다시 희년稀年을 넘어
망望 팔순이다
답안지를 미리 제출한 아이처럼
홀가분한 마음일 때
두려움의 허상虛像은 사라지고
위령곡Requiem이 오히려 편안해졌다.
지금 호명呼名해 주어도
하등 서운치 않은 석차席次려니 하고
웃으며 밖을 나선다.
노을 지듯 물 흐르듯 바람이 불듯
스쳐온 모든 것 또한 사라져 가는데
홀로 들판에 남아있다.
모든 것이 곱다, 세월이
세상이 참 고맙다.

바보

제 입으로
'바보'라고 하는 이는
진짜 바보 아니라 덜 바보다.
순정품은
등꾼, 천치, 어리삐리 사촌,
돈 되면 피하고, 먹을 것 비껴가고, 고생 사서 하는.
타인에게 밥이 되어 먹히고
한쪽 뺨 때리면 다른 쪽 뺨마저 내놓는
맹물이어야 한다.
'갑' 대통령이
'을' 성직자가
'난 바보야' 했더니
너도나도 바보 칭호 쟁탈에 나섰다
세상 좋은 것 다 찾아 즐기는 똑똑이까지
바보 코스프레 한다
흉내 내지 마라
'바보' 칭호는 self가 아니다

진짜 바보마저도 기막혀서

'바보야' 해줄 때

가까스로 참 바보 반열班列에 오를 수 있는 것이다

명함 名銜

귀잽이가
닳은 명함을 꺼내
옛 직함에 가로 두 줄 좍 긋고
바뀐 전화 고쳐 넣는다
행여 달라질까 싶어
햇볕에 말렸더니
노르댕댕 더 물 날랐다
음,
그때
그 사람 것일 수야 없을 테지
오랫동안 묵혔으니
곶감 되어
이름 위에 하얀 분粉 올랐다
바람 한번 쐬었으면 됐어
안으로 들거라
지는 해는 짧고
추운 거니까

꼭꼭 숨어 있거라
괜찮아, 봄 온들 너 찾을 일
없을 테니까